RIKKI ET ROUQUIN

DONNENT UN COUP DE MAIN

Ruth Ohi

Texte français de
Josée Leduc

■SCHOLASTIC

Pour Kaarel

Catalogage avant publication de Bibliothèque et Archives Canada

Ohi, Ruth
[Fox and Squirrel help out. Français]
    Rikki et Rouquin donnent un coup de main / Ruth Ohi ; texte
français de Josée Leduc.

Traduction de: Fox and Squirrel help out.
ISBN 978-1-4431-6322-4 (couverture souple)

    I. Leduc, Josée, 1962-, traducteur II. Titre. III. Titre: Fox and
Squirrel help out. Français.

PS8579.H47F69314 2018   jC813'.6   C2018-900241-7

Photo de l'auteure : Annie T.

Édition publiée par les Éditions Scholastic, 604, rue King Ouest,
Toronto (Ontario) M5V 1E1

5 4 3 2 1   Imprimé en Malaisie 108   18 19 20 21 22

Un jour, quelque chose
atterrit sur la tête de
Rouquin le renard.

PLOP!

— Tu as quelque chose sur la tête!
dit Rikki l'écureuil.

SCOUIC!
SCOUIC!

— Quoi? s'inquiète Rouquin. Qu'est-ce que j'ai sur la tête?

— Quelque chose de bruyant, répond Rikki, et de criard. Mais surtout bruyant!

SCOUIC! SCOUIC! SCOU

3

SCOUIC! SCOUIC! SCOUIC!

Le petit animal criard reste sur
la tête de Rouquin.

— Ooooh! s'exclame Rouquin.
Scouic est très doux…

et chaud.

SCOUIC!

— Et bruyant,
ajoute Rikki.

— Peut-être qu'il a faim,
dit Rouquin.

Alors Rikki va chercher de
la nourriture pour Scouic.

Mais Scouic n'en veut pas.

— Bon, soupire Rikki.

— Peut-être qu'il s'ennuie,
dit Rouquin.

SCOUIC!
SCOUIC!

— Comment pourrait-il
s'ennuyer? répond Rikki.
Je suis tellement drôle!

SCOUIC!

— Regarde, dit Rouquin.
Scouic aime quand je me
balance d'avant en arrière...

debout sur un pied!

— Hum… répond Rikki.

— Et quand je saute comme un lapin! dit Rouquin.

— MAIS TU N'ES PAS UN LAPIN! s'écrie Rikki.

— Scouic ne le sait pas, lui,
répond Rouquin.

— Allons courir, sauter et jouer
ensemble, fait Rikki.

— Pas maintenant,
dit Rouquin. Je crois
que Scouic a besoin
de faire la sieste.

Han!
Han!

— Ça tombe bien, je suis un grand dormeur! dit Rikki.

Mais Rikki ne fait pas la sieste.

Scouic non plus,
d'ailleurs.

Hop!

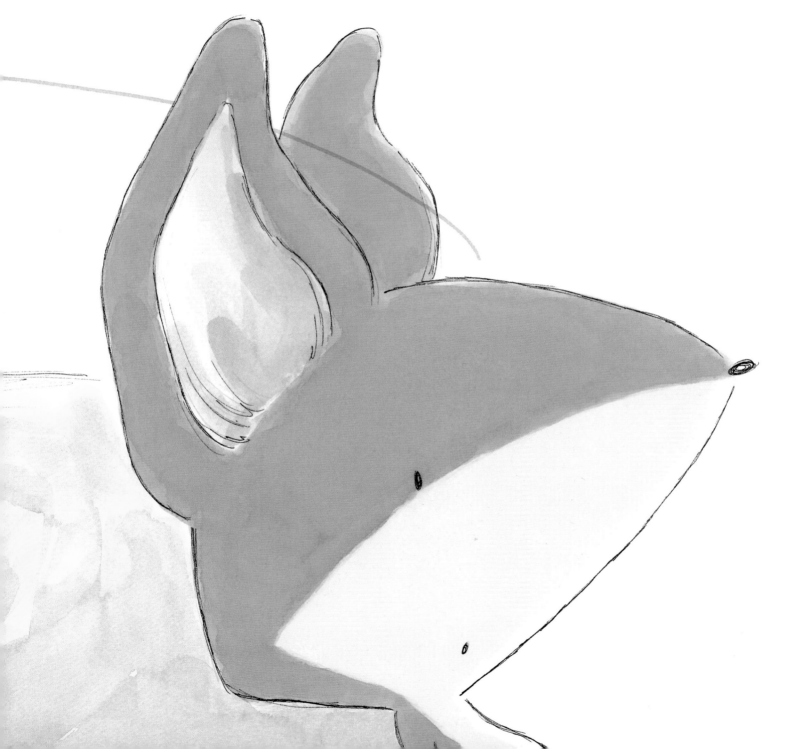

19

— Ooooh! s'exclame Rikki.
Scouic est très doux…

et chaud.

SCOVIC!

— Qui est-ce?

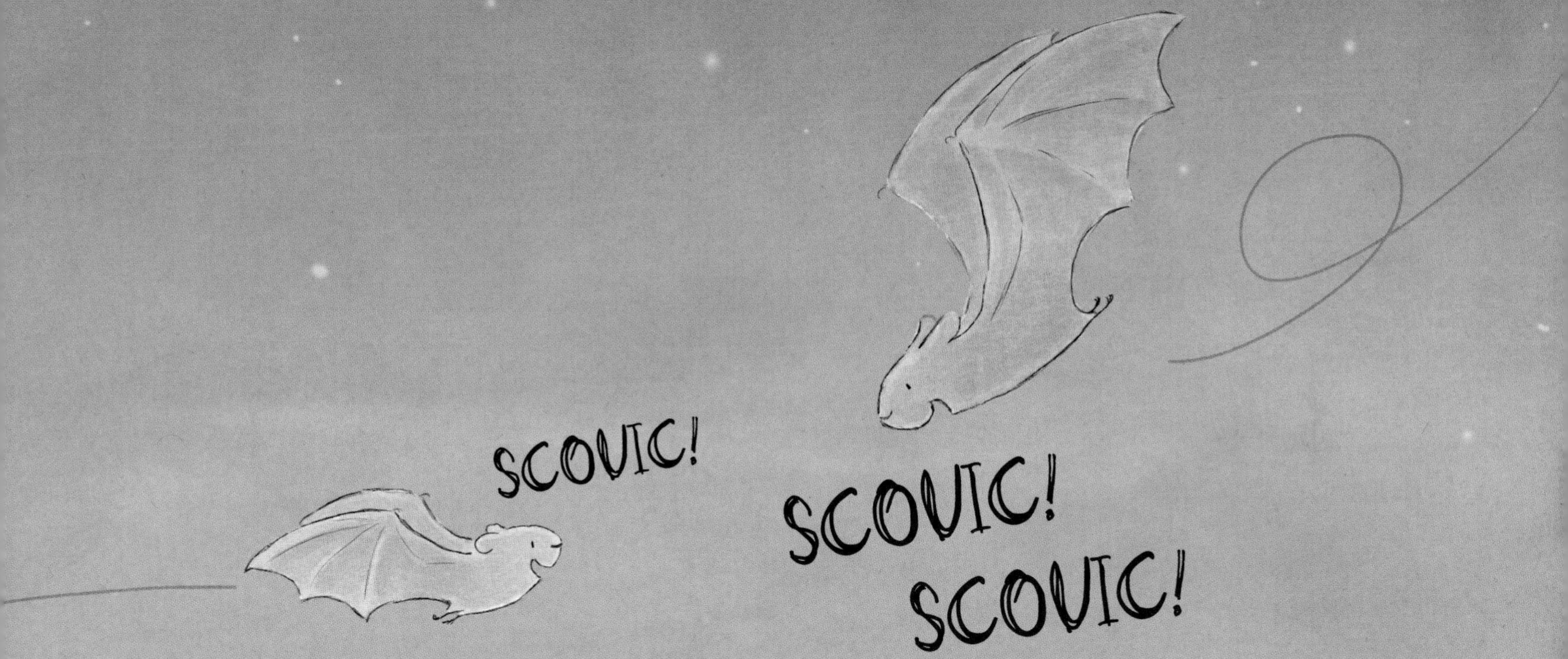
SCOVIC!
SCOVIC!
SCOVIC!

— Scouic a l'air heureux, dit Rouquin.

— Au revoir, Scouic! dit Rikki. Tu vas nous manquer.